喜望峰に
立ちたし

上田清美　歌集

Kiyomi Ueda

青磁社

喜望峰に立ちたし＊目　次

上田清美歌集

喜望峰に立ちたし

夜半の白木蓮

風吹けば風にほろほろ花びらの呼び合ふごとき白木蓮《はくれん》の花

千本のバラの花よりひなげしの小さな花束下さいあなた

留守の子のベッドに暫しまどろめば夢さやさやと膨らみゆきぬ

二人子の出掛けて居らぬ休日は夫と二人でナツメロを聞く

ゆらゆらと光差し来る春となり牛もゆっくり放尿をせり

電線に止まれる鳥の糞さへも何かゆたりと春は楽しき

鷹揚に構へて生くる術などもいつしか身に付き四十歳《しじふ》を越えぬ

中年てふ大き括弧に括られて数式のやうな毎日が過ぐ

モロッコ豆オランダ豆三度豆豆粒ほどの夢を買はむか

首筋に流れる汗を拭ひつつ歩めば確《しか》と生きてをるぞ

まるまると太りて上る四十路坂今宵の月も笑つてゐるよ

黄泉の国照らす光かと思ひたり夜半に咲きゐる白木蓮《はくれん》の花

おにぎりせんべい

唇にリップクリーム付けて娘は十七歳の自己主張せり

突つ張りの子らのことばの端々にどんぐりのやうなかはゆさ残る

父母《ちちはは》の言葉素直に聞けぬ子の口いつぱいにポップコーンあり

ただひとり異国へ発つ子に「気をつけて」「元気でね」としか言ひ様のなし

ロンドンにゐる子に送る小包に頼まれもせぬおにぎりせんべい

イングランドの湖水地方へ旅すると短き手紙吾子は寄越しぬ

再生のボタンを押せば留守電が他人行儀に話しはじめる

長電話掛け来る友も聴くわれも「それではまた」となかなか言へず

心ふとりて

おほかたは死にしと思ひしゴキブリが冬の厨を横切りてをり

やはらかき心を持てる人ならむ繫ぎたる手のふつくらとせる

指太り心ふとりて春は来ぬわが四十歳《しじふ》代ゆるゆるとあれ

のど飴を舐めたるのちに嚙み砕くそのタイミングを図つてをりぬ

俄雨逃れて来たれる茶房にて「シェルブールの雨傘」を聴く

向かひ合ふ夫の背後の窓ガラス他人のやうに私を映す

ベランダにカラスが数羽飛んで来てわけのわからぬ朝《あした》の恐怖

均衡の崩るるときの君とわれ食虫植物のやうなる会話

唐三彩の緑《りよく》際立てり初夏《はつなつ》の天窓のひかり降り来るなかに

飼ひ犬も分別盛り
壮年期あれよあれよと過ぎてゆきもの言ふ口の淋しく動く

稜線の重なるあたりほのあかし桜前線停滞せるや

青葉分け登りて行けるケーブルカーの前を横切り瓜坊のゆく

愛したといふ記憶だけ残りをりストロベリーヨーグルトの発酵すすむ

女らの下着も干せる物干しに春の光のなまめきて見ゆ

去るものは追はずと言ひし一人《いちにん》のさくらさくらの花びら恋ふる

ジャケットの水鳥の羽ぬけ出してふはりふはりと空に飛びゆく

銀色の自転車を漕ぎて走りゆく子の長き髪ウェーブしてゐる

それぞれのスケジュールをインプット家族ごつこの夕餉のために

春雨を吸ひて匂へる土の上《へ》の甘藍団地に青虫棲める

一杯の酒ひつかけて青嵐のなかを帰りぬ君はなやぎて

高々と伸びたる枝の切られをりリストラ進む企業の庭に

飼ひ犬も分別盛りとなりたるか無駄には吠えぬと坐りてをりぬ

少女の爪

わたしより明るき笑ひする人が今朝ふらあつと遠くをみてゐる

踊り場で立話せる女たちをそつと覗きをり真昼の月は

処刑さるる捕虜のごとくに立ちたるを背後より狙ふレントゲン技師

千の鬱抱けるごとく石榴の実かなしき朱《あけ》を覗かせてゐる

それぞれに似合ひの花束貰ひ来て子らの三月別れの季節

年毎に雛を飾りしテーブルにファックス置かれ三月過ぐる

子とふたりつるるんパック顔に貼る目と口だけの奇妙な出会ひ

アネモネの茎の曲がりの可笑しさは春の町ゆく小ギャルの会話

さくさくとセロリを食ぶる小気味よさ子らとの会話けさは噛み合ふ

寝に帰るだけのやうな子よ冷蔵庫に西瓜一切れ冷やしてあるよ

とろとろとまどろむわれを、と、どと言ひ子らは笑ひて退散したり

銀河よりこぼれ落ちたる星のごと少女の爪は青き色せり

ゴキブリ野郎

一撃をものともせずに逃げ去りしゴキブリのこと夜半思ひ出づ

人生のいたるところに出会ひあり風呂場であへるゴキブリ野郎

厨にてわが一撃を躱したるゴキブリ野郎どれほど生きる

工事場のやうなる会話交される歯科医院なり「削る・詰める・抜く」

静かなる反乱のごと顔出せり兜すがたのきのこの群れは

火あぶりの刑告げられし唐黍は裸にされて順番を待つ

差しかくる白き日傘の骨伝ひ天道虫の歩みゆくなり

海沿ひの店に吊らるる干し蛸の潮風に揺れふふつと笑ふ

バックせる合図鳴り止み保冷車のドア開かれて夏日差し込む

夏の夜入り来し虫の亡骸を朝の掃除機つぎつぎ吸へる

父さんの胸

わなわなと花の崩るる夕べにて君のつきたる嘘を見抜きぬ

会議終へ窓際に立ち煙草吸へる男は夕陽にさらはれさう

単純な体を持てりぱふぱふと傘を開きて泳げる水母

マネキンを運べる男はごはごはの手で持ちあぐる腰のあたりを

鳥らしく昆虫らしく人らしく地球に住みて生きてゆかうよ

塩壺の底に残れる白き塩悔恨のごと固まりてあり

装へる女のやうに薔薇の花咲ける夕べは嘘ひとつ吐く

今日もまたひとりとなれる夕食にはりほりはりと菜漬を食べる

亡き母のひそと飲みゐし陀羅尼助欲しとせがみき幼きわれは

亡き母の仕舞ひくれしか臍の緒が古き行李の底より出づる

桜花盛りとなれる春なれど四月はさみし父死にし月

肋骨がきしきし鳴つてゐるやうなとほい昔の父さんの胸

今にして思へばながき病にて胸うすかりし父の中年期

父母《ちちはは》の死も美しく語りたし霜月夕べ雪降り来れば

満腹のわれは眠りて満腹の夢を見てをり終戦記念日

ジャンプ傘

嬰児《みどりご》のふふつと息を吸へるごと桃の蕾の淡くふくらむ

玉葱は青き芽を出しにほひたり道ならぬ恋もあると思へり

どうしても働かねばならぬ蟻たちに少しの蜜を振り掛けてやる

ご都合のいい耳なれば苦言など聞こえぬふりして掃除機使ふ

決意せるときのやうなりジャンプ傘ぶあんと開きしづく飛ばせり

レム睡眠猫にもあらむか春の午後ほんわかりんと目を閉ぢてゐる

乳母車に二人子のせて下りくる若き日のわれに声かくるわれ

のど飴をゆるりゆるりと嘗めてをりやさしき言葉ひとつ吐かむと

まうこれでお仕舞といふわけぢやないオールマイティー手の中にある

出で入りのたびに大きい音たつるドアばつかりが元気なわが家

耳といふ不思議な穴に聞こえくる言葉は万の表情を持つ

春の宵ちびりちびりと酒を酌む義父の背なかの小さくなれり

赤ん坊の尻のやうなる優しさにころころころろ青梅光る

業平が一番好きといふ声の傘のうちより聞こゆる菖蒲園

コンパスで描《か》きたる円の中心の点のやうなるさびしさのあり

山膚にしみゆく雨は後の世の人を潤す清水とならむ

春の陽のなか

象の目も縞馬の目もやさしくて春はおぼろに緩びゆくなり

酒飲みてなま足組める女らの足元に猫寝そべりてをり

つんつんと赤たうがらし燃ゆる朝葬儀の日時回覧され来

独り言吐きたる夕べ俎板に耳たぶほどの百合根散らばる

水煙の天女の如くひらひらと舞茸は鍋に遊びはじめる

濃き霧のなかよりぬーつと顔出せる男の髭もしづくしてをり

俯きて歩みて来しかゆく雲のふくらむやうな夢は見ずなり

落椿ひとつところに掃き集む白きも赤きも饒舌すぎる

敵意とは常に誰かの目のなかに宿るものかと改札を過ぐ

寡黙なる子は佇めり連翹の黄いろの花の揺れゐるあたり

子の見するほんの少しの労りに老いを気づけり春の陽のなか

仮説一カラスが一番怖いのは人間なのだきつとさうである

回転軸ふらふらさせて回りたる小さき独楽のごときわれなり

矮小の向日葵の花開きたり日本の国のやうなさみしさ

をばさんの春

ユーモアがちよつぴりあれば生きられる桜花の下のあなたと私

足早に交差点渡る人の波春宵一人ああをばさんもゆく

花の下まう若くない私がまう若くないあなたと写る

居酒屋で牛タン食らひ冷や酒をぐびぐびと飲むをばさんの春

厨にて凄んでみたきときもあり背中に竜を負ひたるやうに

昼下がり隣の犬とわが犬が話してをりぬフェンス越しに

わが視野をかすめてゆける鳥一羽どこまで行かむ青きみ空を

受験終へ春をむかへし子はすでに桜花のやうな鬱抱へをり

雨上がりの青い空には不似合ひなをばさん達がぞろぞろとゆく

増穂の浦の夕日

引越しの挨拶に来たる隣人は飼犬の名を聞きて帰れり

願ひごと書きたる絵馬にわが歳を二つばかりごまかしてあり

鉢植ゑの水仙よりも断崖《きりぎし》に群れて戦げる水仙さみし

こほこほと咳き込む夜半に喉《のみど》より飛び立つ鳥よいづこへゆかむ

暖房にすこしゆるびて薄目あけ君の帰りを待つチューリップ

死のことを語れる老いは回転椅子くるりと回し空見上げをり

茶褐色の鎧ぬがせばさみどりの少女のごとしこのアボカドは

空爆のニュース聞きたる昼下がり固形スープを鍋に溶かしつ

鳥辺山にいま立つけむり一族の長なる伯父の終のひとすぢ

花嫁の母と呼ばるるそのたびに思ひ出さるるわが亡母《はは》のこと

デパートのトイレのなかの啜り泣き聞こえぬふりに化粧を直す

南仏《なんふつ》の小さきホテルにあるやうな白き戸棚を欲しがる花嫁

ほろ酔ひて夜更けに帰れる主《あるじ》をば老犬キョン太がしやんとし迎ふ

姉は千葉兄は東京子は埼玉大阪ぐらしのわれには遠し

桜貝拾へるふたり老いづきて増穂の浦の夕日に染まる

最後の句点

濃みどりの銭苔生ふる湿地ゆけば中年期なる体にほへり

自己愛といふにはあらずわがうすきくにやくにやの耳もてあそびゐる

スーパーのちらしのなかに泳ぎゐる紅鮭の目のぎよろりと光る

点眼の滴冷たきしばらくを遠きサバンナのキリン思へり

身の潔白告ぐるごとくに白桔梗ひと本咲けり真夏の庭に

ほほほつと笑みてたたずむ美女のごとカサブランカの花開きたり

老い父は熊手のごとき手を伸べて夕べの空をひよいと掻きたり

ほつかりと日溜りの縁に腰かくる老父の前を冬鳥の飛ぶ

老いふかき父をまもりて家族らのバランス少しくづれてゆくなり

老い父とともに過ごせるティータイムケーキの上のチェリーが光る

あまりにも深い眠りの老犬よ怪しき男門《かど》に立ちをるに

じゆくじゆくの無花果むきて食みてゐる汝が唇の少しみだらなり

沼の辺《へ》に生ふるがごとく立つ女老いたるわれか白髪ながし

若き日には思はざりけり花びらのぽとりと土に還るごとき死

嘘すこし交へて書ける近況の最後の句点ためらひて打つ

笑うてさみし

夏蜜柑ごろんごろんとぶらさがり生家の庭のいまもあかるし

さるすべりの花ちぢこまり枯れゆけば今際の母を思ひ出したり

つぎつぎと紺の朝顔庭に咲く母死にし日の空のいろに似て

あねいもとともに老いづき花の下酔ひて笑うて笑うてさみし

どぶ板の木のすきまより立つ湯気のあたたかさなりわがふるさとは

ひつじ雲の広がる下で話しをり新妻の子と古妻《ふるづま》の母

「母さんのかやくごはんと粕汁のレシピを欲し」とメールの届く

「戦争を知らない子どもたち」と歌ふ人知らないままに終るだらうか

一つ身の衿重ねゐるみどりごはつくんつくんと光れる茗荷

晩餐の燭冈ゆれて皿のふち僅か欠けたるごとき別れなり

冬のバラ

冬のバラひらかざるまま萎れしをしばらくながめ深呼吸する

スーパーの野菜売場の一等席に冬至のけふは柚子と南京

しまひ湯に浮かぶ柚子の実思ひ切り握りつぶしてすつくと立てり

万両の赤き実つける裏庭を老父の足音行き来してゐる

恋人のことばのやうにぷちぷちと海ぶだう鳴るわが口中に

ひとつこと思ひ詰めにしころのこと深爪の指見つつ思へり

老犬の介護のためと書かれゐる休会届手渡されたり

遠き地へ帰りゆく子がケータイを取り出だしたり手を振りしあと

とつぷんとつぷん

庭にある陶の狸の白き腹つやつやあればふと撫でてみる

花散りて指揮棒《タクト》のやうな彼岸花日暮れの畦にさむざむと立つ

漬かりすぎの梅干くづれ甕にあり失ひしもの多き五十代

ミヂンコのあまたわきくる古き沼底より呼ぶは先の世のわれか

道の辺に銀杏のにほひただよひぬ生とも死とも分かたぬにほひ

ぶらぶらと出でゆきし夫スーパーでパックの七草購ひ帰る

おとし湯のとつぷんとつぷんと流れ落つこの音いつもさみしくさせる

母子手帳

里帰りしたる娘がぽおぽおと小鳥のやうな寝息たてゐる

ゐんどうの莢ふくらめる昼下がりジュゴンのやうに乳飲ます女

菜の花の畝間吹く風ほのぬるく人の死などもそつと伝へ来

清らにも淫らにも見ゆる白木蓮《はくれん》のその白きいろわれは好めり

子の婚の決まりし日よりをりをりにひとりながむるわが母子手帳

夏草の生ふる匂ひぞ汗かきて子を産みし日のわれのにほひは

分娩ののちの大量出血と記されし古きわが母子手帳

帰りたき思ひも淡くなりゆけりわがふるさとに父母在らざれば

おとがひのあたりに幼さ残りたる下の娘の婚近づきぬ

ベランダに干せばくるくる揺れてゐる子の婚の日に履きし白足袋

老いたる義父

揚げ雲雀さへづる空をながめゐる老父と夫の背《そびら》のさびし

芽ひじきの黒き色素のとけ出してわが晩年のやうな夕食

ただいまと声する方へ振り向けば秋茜つと過りてゆきぬ

秋の野に百舌の高鳴き聞きしとぞ太き文字にて友は書きくる

ほかほかの「御座候」を両の手に包みて義父はおもむろに食む

歳《とし》きけば九十一歳《きゅうじふいち》と答ふる義父ときに幼のごとき目をせり

徘徊せる義父をみつけて手を引けば薄雲の間《ま》に有明の月

嫁ぎたる孫の残ししセーターを祖父《ぢい》ちゃんが着てデイサービスにゆく

雪降ると気象予報士告げをればそれはなからうと義父はひとこと

落椿ひとつふたつと拾ふ義父ひとつふたつとその手で捨てぬ

夕顔のやうにほつかり口を開け老いたる義父は夜空を見上ぐ

支へ木に支へられつつ老桜薄墨色にわあつと狂へり

穏やかなひと日と思ふ庭の木に目白数羽の囀りをれば

パラボラアンテナ

客用の真つ新の蒲団につつまれて子のマンションに一夜過ごしぬ

冷蔵庫の氷が指にへばりつき憎悪のやうなもののわきくる

塩焼きにせむと鱸《すずき》の塩加減聞きくる娘の白き指浮かぶ

スーパーのくだもの売場に売れ残る大きドリアン煙たき義父のやう

ありふれた暮らしのなかに老ゆる義父母白きペチュニアひつそり咲きて

箱詰めの十二の白桃届けられエロスのごときもの匂ひたつ

読むこともかなはぬほどに薄れたり父母亡き実家の表札の文字

天に向くパラボラアンテナ今宵こそ父母の魂呼び寄せて来よ

みどり児の鼓動

緑便の付きたる襁褓替へてやる初孫のあんよそろりとあげて

われの子の産みたるみどり児不思議なる感触なるをわれは抱きぬ

筋肉の単なる動きと聞きたれど新生児の孫微笑むごとし

みどり児の鼓動のたびに動くとふ泉門をそつとわが手で撫づる

ひよめきのひよひよ動きみどり児は悲しみすでにあるかのごとし

沐浴の湯に浮かびゐる臍の緒をみどりごの母のてのひらに載す

泣き止まぬ嬰児の声恋猫の鳴き声に似て夜更けにひびく

産院の冷たき椅子に坐りゐて男孫《をまご》の産声その父と聞く

プランターの菜の花ほろろ散るころに遠くの町へ帰りゆく孫

暗号めく手編み記号にしたがへば孫の御包み編み上がりたり

夏草の茂れるあはひにヂヂババは目立たぬやうに淡く咲きたり

母ならばどうしただらうと思ひつつパラソルぱんと開きてゆけり

新京極スター食堂のA定食母に連れられ食みし幼日

海色のシャツの上をすべりゆくコードレスアイロン帆を揚げて立て

姑の息

日に日にぞ姑《はは》の病状変りゆき医師の説明とまどひて聞く

病にて失語をしたる姑なれど声をかくれば唇《くち》うごかせり

前向きの治療と言ひていくつもの管通されて眠りゐる姑

樟《くす》の花わあつと風に散りゆきぬ病気の姑の息あらあらし

いつまでも咲いててほしいヤマボフシ自力呼吸のできぬ姑のため

長生きも互ひに辛くなりたると老老介護の人話しをり

晩年てふ時間のことを思ひをり姑を見舞ひて帰りくる道

雨に濡れさ庭に咲ける夏椿やさしく白き姑の死に顔

ほろほろと蛍袋の花咲けり姑の逝きたるのちの時間を

新仏《にひぼとけ》となりたる姑に供へたりカサブランカの芯《しべ》をちぎりて

茗荷の子ひとつ出たよとわれを呼ぶ亡き姑の声聞こゆるごとし

キッチンの換気扇のした夫と婿タバコ吸ひつつ無言で立てり

赤き実のぽろぽろ落ちてゆくやうな悲しい時間あなたとふたり

煮物ほこほこ

ほのぼのと明るき色と思ひたり西洋人参三本買ひ来て

春の陽《ひ》をいつぱい吸ひて春キャベツうたた寝するごと八百屋に並ぶ

象をざうとやつとこ言へる一歳児電話のむかうで繰り返し言ふ

やはらかき光差しくるキッチンに南瓜が二つ微笑んでゐる

ゆるゆると生きてゆくしかほかはなく梅酒の梅をときをりまぜる

美しき三毛の野良猫夜ごと来て月下の庭に黒き糞せり

メジャー持ちわが腹囲計る看護師の突き出たる腹ぶよぶよ迫る

キッチンの椅子に上がりて天井の小さな虫を指でつぶせり

向き合ひて話す女《をみな》のマスクよりピンクの口紅うつすらと透く

新ジャガの煮物ほこほこつるりんこ夫とふたりの夕餉の楽し

春風に吹かるるごとく木から木へ渡れる目白しばし目で追ふ

ケース入りの高級爪切り購ひぬ明日は義父の爪切りにゆかむ

特養の義父とすし食ぶ一生の大切の日とひそかに思ひ

サンゴ草

白樺に残れるヒグマの爪痕をネイチャーガイドは指差し語れり

サンゴ草赤く群れ咲く湖の向かうに広がるオホーツク海

虫除けの薄荷油を身にスプレーし知床の森を君とゆきたり

「霧の摩周湖」聞けばかならず思ひ出す静かに浮かぶ黒子《ほくろ》岩のこと

わが顔を描《か》きくるる孫クレヨンの肌色持ちて豚色と言ふ

クローバーをわが手にそつとのせくれて三歳言へりお幸せにねと

三人《みたり》目の孫《うまご》生まれぬつやつやと庭の梅の実光る朝《あした》に

一《いち》、二《にー》、三《さん》・二《にー》、二《にー》、三《さん》と声かけぬ体操グループのけふはリーダー

スーパーの夕暮れどきは値引きどきの鯛の目玉がウィンクしてる

しとしとと雨降る午後に届きたる君のメールの行間を読む

椿　餅

死にしゆゑ帰り来たれる父の顔泣いてるやうな笑つてるやうな

菅笠と金剛杖で遍路せし父が鳴らすか鈴の音《ね》聞こゆ

初花の椿一輪咲く庭から亡母の下駄の音聞こえくる

空鋏み鳴らして庭を行き来せし姑《はは》を思ひて椿餅食ぶ

息子一家と暮らし始めたお隣さんことしは軒に干し柿つるす

外灯に鮮やかに浮ぶ白木蓮《はくれん》の不意に放てるあの世の匂ひ

落椿バケツいつぱい拾ひたり楽しいやうなさびしいやうな

少しだけ淋しいやうに揺れてゐる風船葛　なるやうになる

一人芝居

ああこれがわが後ろ姿　のそのそとビデオ画面に老人が行く

女盛りはとつぷんとつぷん揺れてゐるバケツの中の水のやうなり

眉毛切りと違《たが》へて買ひし鼻毛切りをつさんになれるここちして見る

洗ふ、切る、たたく、焼く、煮る厨にて一人芝居の女優となれり

ああ桜ちれちれ桜かなしみのかぎりもあらずこの世にひとり

ゆふすげの黄の花しぼむ朝の庭蝶にもわれにもまだ時間はある

ところどころ螺子が抜け落ちこの体ぐにやぐにやになるがたがたになる

怠惰なるわれのこころに黄のレモンちからのかぎりぎゆつとしぼる

ていねいに両手を洗ひ口漱ぐこのあたりまへが何だかさみし

被りたる夏帽子風に飛びゆきてわれとママチヤリ置き去りにする

蕁麻疹出でたる体はつきりと拒絶を示してゐるではないか

扇風機少しきつめの風えらぶ悲しみが身にへばりつかぬやう

ラ・フランス

やはらかきバターをゆるり伸ばしつついつかは離る二人と思ふ

バリバリとつめたき音する洗濯物人抱くやうに夕べ取り込む

冬庭にひよろりと咲ける寒アヤメ口数少なき少年のやう

まじまじと月を眺めて歩き出すこのままでいいこのまま生きる

赤玉と言ひて渡せば義妹《いもうと》はワインかと問へり　たまごと答ふ

ユキノシタひよろひよろ揺れぬ晩年の母が書きたる手紙のやうに

熱々のチーズが口にへばりつく昨日《きのふ》の過ち許されぬまま

門司港駅にさがしあてたる「帰り水」真鍮の蛇口鈍く光れり

てのひらにしばし「帰り水」受けながら復員兵の叔父を思へり

ビルとビルのあはひに差せる秋の陽を背中にうけて老い猫眠る

衰へし目にて追ひたる蚊一匹打ちそこなひて手のひら痛し

生ハムの透けるピンクの美しさ失意とは時にかぐはしきもの

ちらちらと淡雪舞へりわが庭にとどきて消ゆるさみしき時間

さびしさをじつとたへゐるあの人の顔のやうなりこのラ・フランス

あやしき時間

七歳の女《め》孫《まご》にさそはれ湯に入れば七歳の愚痴聞かされてをり

磨り硝子にふはふは映る黒き影蝶かもしれぬ亡母かもしれぬ

足裏の皮カサカサと冷ゆる夜いつよりか老いの忍び寄るなり

抜け落ちし乳歯のあとの空間にシメヂ差し入れ笑へる男孫《をまご》

孫四人《よたり》集へばかならず誰か泣く花合せして坊主めくりして

懐かしき人に会ひたる心地せりさざなみ光る鞆港の日ぐれ

妻恋ふる旅人《たびと》の歌にさそはれて鞆の浦に来ぬ夫とふたりで

ほんたうに顔もお腹も赤いねと男孫《をまご》の言へり夏茜みて

保育園の相撲大会に優勝の孫は電話にて賞状読み上ぐ

雁擬きと夫は言ふなり然れどわれは飛竜頭《ひろうす》といふをずつと好めり

甘噛みのごとくに接して子を送るせつない時間はそののちに来る

老いといふあやしき時間われに来む合歓木の花ふはふは咲けり

ああ山桜桃

等伯の水墨の世界思はする雪の林を車窓に眺む

青きままぽろぽろ落つる庭の梅地に還ること受け入れてゐる

ＦＡＸのインクリボンに残りゐる君の訃報の印字のあとが

のつぺりと更地になりしわが生家ああ山桜桃ここにありしよ

冬の日が雲の隙《ひま》より差し込みて古き生家をあたためてゐる

はじめから疣々ありて育ちゆくゴーヤの武骨われは好めり

必死なる人の姿の美しくときに不気味でかなしと思ふ

ゴキブリ体操何に効くのか忘れしがふと思ひ出し手足バタバタ

青き鳥

ルリビタキは孤独を恐れぬ鳥と聞くその青き羽美し寂し

これの世に影うすくゐるわが体さうだ河原の撫子にならう

半夏生に食ひたる蛸の出生地モーリタニアをわれは知らない

しめ鯖のややふやけたる白き腹指で撫づれば夕べさみしき

沙紀といふ幼にハグされ別れ来ぬ春風そよろ吹きたる夕べ

庭に咲くスミレのことなど話しつつ流れる雲を目で追ひてをり

茗荷の子つぎつぎ出でるこの家にたつた二人となりたるわれら

満開の桜の下に集ひゐる死者も生者もはしやぎてをり

白骨の御文読み上ぐる若き僧そのおとがひのいまだ幼し

青き鳥になりて見おろすこの家に亡き人たちの笑ひ声せり

宇宙語

ぶすつとせる電話の声を聞きながら窓のむかうの月ながめをり

ガラス戸の少し歪みて見ゆる夜男であらばとふと思ひたり

宇宙語を話せるといふ男《を》がわれに静かの海で暮らさうと誘ふ

イタリア語話せなくても話せてもピザを頬張るパーティー楽し

万歩計つけて出でゆく夫の背をとなりの三毛猫《みけ》とわれが見送る

小鼓とふ生酒旨しほろ酔ひて夫と帰りぬ月夜の道を

春風のときをり強く吹く庭に雪柳ゆれ猫のしつぽ揺る

からだから外れたやうな黒きバネそつと拾ひてポケットにしまふ

体操の仲間らとせるじゃんけんのグウ、チョキ、パアはどの手も老いて

夏帽子

くねくねと大蛇のごとく動き出す夜の電車の明かりのさみし

大臼歯抜けたるあとを舐めてをり老いといふ芽の出るかと恐れ

白飯《しろめし》が一番好きと言ふ男孫《をまご》流るる汗を拭ひつつ食ぶ

見知らざる男《を》と二人きりのエレベーター降りゆく階のボタン見つめをり

細胞分裂繰り返したるごとき皮パイナップルは秘かに香る

ちぎれたる蟬の足曳く蟻たちのその一途さのさみしくもあり

校内暴力と冗談言ひて念入りに軟膏塗りぬ口内炎に

たつぷりと光を吸ひし夏帽子楽しきころを覚えてゐるか

のど飴をときどき舐めて口閉ぢるわれの弱音の飛び出さぬやう

くちなしにつぼみと似たる青虫のゆたゆた動き女体のごとし

振り返ることあるのかな粘液のあと残しゆくこの蛞蝓は

聴力の衰へ少し感じつつさざなみのやうな友の声聞く

喜望峰

梅雨なれど厨はすがし今朝漬けし甘酢生姜の匂ひただよひ

夕闇に向日葵咲けり黒き種子遺書のごとくにあまたしまひて

簡単でお手頃ですに心動く老いのくらしも複雑となり

墓じまひの墓石ごろごろ放置され悲しい山になつてゆくのか

ほどけたる靴紐結び立ちあがる男の影が夕日にぐらり

喜望峰にいつか立ちたし嵐吹く岬と知りてなほあこがるる

夕暮れの買ひ物籠にぬうつと見ゆ太き大根の寡黙なる白

孫四人《よたり》うんちの形の消しゴムを取り合ひ遊ぶ終戦記念日

宇宙軍持ちたるといふ米国の征服欲の果て思ひをり

老いゆゑかだんだんうすくなる指紋わたしはだれとじつと見つむる

ミモザの色

窓ガラス汚れしままに春となるこの淋しさはいつからだらう

切りし爪散らばりてあり捨つるより他はなけれどわが一部なり

眼科医がパソコンで示す目の傷はミモザの色に染められてあり

冬の雨のやうな一滴しみわたり乾きゐる目に白き花咲く

遠き町に暮らす娘とラインをし吹き出しの文字に少し和めり

春といふ季節の罠に嵌まるごとコロナウイルスの感染者増ゆ

どの国の人の生命《いのち》も大切と蟻の行列ながながつづく

この庭の額紫陽花の花のやう画面に映るコロナウイルス

オンライン授業を受くる幼孫髪にリボンをつけてほほゑむ

肺弱きわれを気遣ふ娘たちマスクあるかとメール寄越しぬ

母の日に送りてくれし黄のカラー三年過ぎてまた咲いてゐる

いつか笑へる日

袖隠しのま白き花はたつぷりとやさしき言葉抱きて咲ける

新鮮な卵の黄身の存在感あかりのごとく元気をくれる

コロナ禍に体調崩し七月は検査ばかりで家に籠れり

猫じやらしフェンスのそばに揺れてゐるお喋り好きの女らのやうに

うす雲の広がる空を渡りゆく鳥たちの影じつと目で追ふ

病名のわからぬことに不安ありいつか笑へる日もくるだらう

科学的数値しか見ないのがあたりまへと若きドクター淡々と話す

病みをればこの八月は家にゐてヒロシマ・ナガサキただ目を瞑る

妖怪のやうな鳴き声夫と聞く姿見えねど鳥だらうきつと

何事もなかつたやうな秋の空　私は何をこはがつてゐる

夕顔ひらく

四、五本の収穫なれど万願寺つやつやとして元気をくれる

四十五《しじふご》になりたる娘におめでたう月が綺麗よとメール送りぬ

窓ガラス磨きてくる夫の背の肩甲骨がさみしく動く

やうやくに黄色くなれる柚子の実を指差し数ふ今年も十個

ゆず三つ湯船に入れて夫とわれ冬至の夜を豊かに過ごす

寒菊に触るればこぼるる黄の花粉コロナウイルスなき明日思ふ

グループ名「五人娘」の婆たちの聖夜《イブ》はラインでメール送り合ふ

両足を病みて過ごせる日々なれば人魚になりて青空を恋ふ

吊り橋の途中でずんずん揺れてをり進めばいいのか戻ればいいのか

知らぬまに死といふものは離れたり近づいたりする　夕顔ひらく

跋文

安田純生

上田清美の第一歌集が、ようやく出版される。うれしいことである。ようやくといったのは、作者が五十年近い歌歴を有しているからで、文字どおり待望されていた歌集である。

この歌集は、巻頭に次の一首が置かれている。

風吹けば風にほろほろ花びらの呼び合ふごとき白木蓮《はくれん》の花

春風のなか、「ほろほろ」と呼び合うように震える白木蓮の花を詠んだ歌である。「風」の字と「花」の字が二回出て来る。表現上、どちらの字も、一方を省こうと思えば省けるはずであるから、意図的に重複させたのであろう。そして、吹き始めた春風と白い花との共鳴あるいは交感が主題になっているように読める。「ほろほろ」は、一般的には、葉の散る様子の形容などに用いられる語であるが、ここでは違う。花びらは散っておらず、風に吹かれつつ存在感を示す花を視覚的、聴覚的に捉えたオノマトペになっている。

この歌集にはオノマトペが、よく現れる。それが、一読して得られる第一の印象である。初めに置かれた三つの章「夜半の白木蓮」「おにぎりせんべい」「心ふとりて」の二十九首を見ただけでも、「ほろほろ」のほか、「さやさや」「ゆらゆら」「ゆたり」「まるまる」「ふつくら」「ゆるゆる」といった語が拾える。そして、それらの語を一覧して気付くのは、「ゆらゆら」「ゆたり」「ゆるゆる」のように「ゆ」で始まる語や、「ほろほろ」「ふつくら」のようにハ行音で始まる語が多いということである。第四章以後になると、「ゆ」で始まる語で新たに現れるのは「ゆるりゆるり」「ゆたゆた」くらいであるけれど、ハ行音で始まる語は、「はりほり」「ひらひら」「ひよひよ」「ひよろり」「ふはりふはり」「ふらあつ」「ふはふは」「ほんわかりん」「ほつかり」「ほろろ」など数多く出て来る。さらに、半濁音や濁音まで入れると、「ぱふぱふ」「ぶあん」「ぽおぽお」「ぽろぽろ」なども加わる。

そして、今、述べた事実と関連しているのが、激しさ、速さ、厳しさ、硬質性などをあらわすオノマトペより、ゆっくり感、爽やかさ、柔らかさ、温かさなどに関わるオノマトペが目立つことである。これは、そういった雰囲気が歌集全体の基調になっているということでもある。一首中に二つのオノ

マトペを用いた、

新ジャガの煮物ほこほこつるりんこ夫とふたりの夕餉の楽し
　ところどころ螺子が抜け落ちこの体ぐにやぐにやになるがたがたになる

という二首においても、ハ行で始まる語は「ほこほこ」のみであるが、「ぐにやぐにや」はもちろん、「つるりんこ」「がたがた」にしても、激しさ、速さ、厳しさ、硬質性をあらわすとはいいにくいのではないか。「ところどころ」の歌など、深刻な内容の作ともいえるにもかかわらず、柔らかく温かい気分が漂う。もちろん、そういった気分が感ぜられるのは、「…になる…になる」と重ねた話しことば的表現によって調べが軽くなることとも関わっているのであろう。オノマトペを用いてはいないが、

死にしゆゑ帰り来たれる父の顔泣いてるやうな笑つてるやうな

という歌にも「…やうな…やうな」と重ねた話しことば的表現があって、やはり、柔らかく温かい気分が漂う。

さて、オノマトペが多いというのは表現上の事柄である。内容的に見た場合、この歌集の主要な題材の一つとなっているものに、自分の年齢に対する意識がある。そのような意識は、強弱の相違はあっても、誰しもが抱いているものであろう。しかしながら、それを誰しもが繰り返し歌に詠むとは限らない。この作者は、繰り返し題材にしているのである。もっとも、四十代や五十代のときの年齢に対する意識は、

鷹揚に構へて生くる術などもいつしか身に付き四十歳《しじふ》を越えぬ
まるまると太りて上る四十路坂今宵の月も笑つてゐるよ
指太り心ふとりて春は来ぬわが四十歳《しじふ》代ゆるゆるとあれ
壮年期あれよあれよと過ぎてゆきもの言ふ口の淋しく動く
花の下まう若くない私がまう若くないあなたと写る
濃みどりの銭苔生ふる湿地ゆけば中年期なる体にほへり

漬かりすぎの梅干くづれ甕にあり失ひしもの多き五十代

のように、身は「まるまると太り」、日々は「あれよあれよ」と過ぎてゆく暮らしの中で「まう若くない」年齢であると観ずる意識であった。しかし、いつしか作者には、

あねいもとともに老いづき花の下酔ひて笑うて笑うてさみし

に詠まれているような、老いづいたとする意識が芽生え、そういった意識をたびたび歌うようになる。とはいえ、

ああこれがわが後ろ姿　のそのそとビデオ画面に老人が行く
足裏の皮カサカサと冷ゆる夜いつよりか老いの忍び寄るなり
老いといふあやしき時間われに来む合歓木の花ふはふは咲けり
大臼歯抜けたるあとを舐めてをり老いといふ芽の出るかと恐れ

簡単でお手頃ですに心動く老いのくらしも複雑となり
老いゆゑかだんだんうすくなる指紋わたしはだれとじつと見つむる

などを読むと、一方では、「老人が行く」「老いのくらし」「老いゆゑか」などと、すでに老いに支配されている自分の身体であるかのごとく歌いつつ、一方では、「老いの忍び寄る」「老いといふあやしき時間われに来む」「老いといふ芽の出るかと恐れ」など、老いが直ぐ近くに来ているものの、いまだ己が身体を完全に支配するには至っていないように歌ってもいる。たいていの人が、或る年齢になると、そうした意識の揺れを経験するかと思うので、一見、矛盾した二つの捉え方があることを不自然とは思わない。かえってリアリティーが感ぜられる。

いずれにしても、或る年齢以後、この作者の、老いというものに対する視線には、かなり強いものがあるかと推測される。また、作者は、自らの老いに対する意識を持つだけでなく、早くから、老い一般についても見つめようとしていた。歌集には、

老いふかき父をまもりて家族らのバランス少しくづれてゆくなり
夕顔のやうにほつかり口を開け老いたる義父は夜空を見上ぐ
支へ木に支へられつつ老桜薄墨色にわあつと狂へり
あまりにも深い眠りの老犬よ怪しき男門《かど》に立ちをるに
ビルとビルのあはひに差せる秋の陽を背中にうけて老い猫眠る

などのような、父や義父の老い、桜や犬、猫の老いを題材にした歌も収録されている。あるいは、そういった近親者や樹木や動物の老いを見つめて来た経験が重なったゆえに、自らの老いに対する意識が強まっていったのかもしれない。

以上、オノマトペと老いに対する意識という二点について贅言を弄したに過ぎないが、この歌集が、多くの読者諸賢の手に取っていただけることを願っている。

あとがき

本集は私の第一歌集です。白珠誌上に発表した作品を中心に三八〇首を収めました。二十四歳から短歌を始めておよそ五十年になろうとしています。本集はそのうちの後半の作品を、ほぼ制作順に収めました。年齢で言えば四十七歳頃から七十歳くらいまでです。期間も長く、一集に纏めることの難しさを感じながらの作業でした。

振り返りますと、五十代からの十年間は二人の娘の結婚、出産、同居していた夫の両親の介護と大変な日々の連続でした。しかし家族との濃密な時間を持てたと、今になって思っています。

私は高校時代から詩に興味を持ち始め、学校では文芸部に入っていました。

そこには、二年先輩に河野裕子さんがおられました。しかし、ご病気中でお会いすることはありませんでした。文芸部の機関誌「波紋」、文集「樹」に掲載されていた河野さんの短歌、詩、短編小説は今も懐かしく思い出して読んでいます。歌人として注目される前の河野さんの作品と一緒に、私の下手な詩も載っていることが嬉しく、私の宝物のような文集になっています。

私が短歌を好きになったのは、白珠京都支社の歌会に行くことになったからです。当時の京都支社では、若い人を育てようという雰囲気があって、故佐藤美知子先生をはじめ、多くの方々に優しくしていただきました。

歌集名の『喜望峰に立ちたし』は、「喜望峰にいつか立ちたし嵐吹く岬と知りてなほあこがるる」からとりました。日々を過ごすなか、訪れたことのない遠い国の、情緒的な名を持つ岬に憧れ作った歌です。私の今後の作品も、日常から少し離れた場所にも心を飛ばしたいと思い、歌集名といたしました。

本集を編むにあたり白珠代表の安田純生先生にはお忙しいなかを、ご校閲とご助言をいただきました。その上、身に余る跋文をお書きくださいまして、心から御礼申し上げます。また、今まで私を励ましてくださった白珠の歌友の皆様にも感謝申し上げます。

歌集を出すことに躊躇している私の背中を押してくれた夫（上田明）と二人の娘には感謝の気持ちでいっぱいです。短歌をながく作ってきてこの歌集を出せることは大きな喜びです。

最後になりましたが、出版に際しましては、青磁社の永田淳氏に懇切なアドバイスをたくさんいただきました。厚く御礼申し上げます。また、装幀は上野かおる氏にお世話になりました。有難うございました。

二〇二二年一月

上田　清美

著者略歴

上田 清美（うえだ きよみ）

1948年　京都市に生まれる
1972年　白珠社入社
1997年　白珠新人賞受賞
2005年　第48回関西短歌文学賞B部門受賞

歌集　喜望峰に立ちたし　　白珠叢書第二五一篇

初版発行日　二〇二二年二月十七日
著　者　上田清美
吹田市垂水町一—五—九（〒五六四—〇〇六二）
定　価　二五〇〇円
発行者　永田　淳
発行所　青磁社
京都市北区上賀茂豊田町四〇—一（〒六〇三—八〇四五）
電話　〇七五—七〇五—二八三八
振替　〇〇九四〇—二—一二四二二四
http://seijisya.com
装　幀　上野かおる
印刷・製本　創栄図書印刷

ISBN978-4-86198-522-5 C0092 ¥2500E